AF369488

VENTE
AUX ENCHÈRES PUBLIQUES

Les Mercredi 27, Jeudi 28
et Vendredi 29 Mai 1914

SALLE DE L'ATHÉNÉE
28, Rue Mably
→ BORDEAUX ←

COLLECTION D'ART ANCIEN
IMPORTANTE

EN

Porcelaines, Faïences
Objets de Vitrine
Gravures, Dessins

PEINTURES & PASTELS

DE

F. BOUCHER, PEYRONNEAU & autres

SUPERBE TAPISSERIE ÉPOQUE DE LOUIS XV

Sièges, Meubles
Argenterie, Scieries, etc.

COMMISSAIRE-PRISEUR

EXPERT ASSERMENTÉ

Me J. DUVAL

28, Rue Mably

M. ERNEST DESCAMPS

2, Rue Jean-Jacques-Bel

BORDEAUX

IMPR. & PHOTOTYPIE GUSTAVE CHARIOL
25, Rue des Frères-Bonie. — BORDEAUX

27 Mai 1914

CATALOGUE
DE
Tableaux Anciens & Pastels

ŒUVRES DE :

Bourguignon, Bruandet, Hobbéma, J. Van Bylert, Frantz Snyders, Ph. de Champeigne, F. BOUCHER, PEYRONNEAU, Franck, Brissot de Vanville, Sophie Liénard, Dauzats, Auguin et autres de différentes Écoles, avec attributions.

DESSINS, AQUARELLES & GOUACHES
F. Boucher, J.-F. Huet, Bourgeois, C. Wissant et autres.

GRAVURES FRANÇAISES & ANGLAISES
Schall, Boilly, Barney, Boillet, Smith, Frye et autres.

SUPERBE CANDÉLABRE, LUSTRES, APPLIQUES, PENDULES
DE L'ÉPOQUE DU Ier EMPIRE

QUANTITÉ D'OBJETS DIVERS

BEAUX BIJOUX, MINIATURES, BOITES, ÉVENTAILS

FLAMBEAU, PRÉSENTOIR, PLATEAU & SUCRIER
Argent ciselé et doré de 1er ordre (XVIIIe siècle).

PORCELAINES DE CHINE & AUTRES, FAÏENCES DIVERSES

IMPORTANT & CHARMANT PANNEAU AUBUSSON
FIN DE L'ÉPOQUE DE LOUIS XV

LOT DE SOIERIES

MEUBLES

Fauteuils, Canapés, Gondoles, Petits Meubles, Consoles, Tables, Glaces, Petites et Grandes Armoires, etc., du XVIIIe siècle.

Dont la Vente aux Enchères Publiques aura lieu

SALLE DE VENTE DE L'ATHÉNÉE : 28, RUE MABLY
LES MERCREDI 27, JEUDI 28 ET VENDREDI 29 MAI 1914
A 1 HEURE 1/2

Commissaire-Priseur	*Expert Assermenté*
Me J. DUVAL	**M. Ernest DESCAMPS**
28, Rue Mably	2, Rue Jean-Jacques-Bel

BORDEAUX

EXPOSITIONS : Les Lundi 25 et Mardi 26 Mai 1914
de 9 heures à 11 heures et de 2 heures à 5 heures.

CONDITIONS DE LA VENTE

Elle sera faite au comptant.

Les adjudicataires paieront **cinq pour cent** en sus des enchères.

L'exposition donnant toute facilité au public de se rendre compte de l'état et de la nature des objets, **aucune réclamation** ne sera admise une fois l'adjudication prononcée.

ORDRE DES VACATIONS

Mercredi 27 Mai 1914, du numéro 1 à 109 inclus : Faïences, Terres cuites et Plâtres.

Jeudi 28 Mai, du numéro 110 à 189 inclus : Objets Divers, Bronzes, Bijoux, Objets de Vitrine et Soieries ;
Du numéro 258 à 261 : Orfèvrerie.

Vendredi 29 Mai, du numéro 190 à la fin : Gravures, Dessins, Peintures, Pastels, Siéges, Consoles et Meubles.

NOTA. L'expert est à la disposition de MM. les acheteurs pour tous détails supplémentaires, ainsi que pour les achats à la commission.

DÉSIGNATION DES OBJETS

FAÏENCES

1 — **Sud-Ouest.** — Trois assiettes, dont deux à bords dentelés.

2 — **Moustiers.** — Petit plat ovale bleu et un autre creux.

3 — **Bordeaux.** — Plat ovale polychrome (fêlé), petit encrier carré et un couvercle en Rouen.

4 — **Sinceny.** — Deux assiettes polychromes, à bords dentelés.

5 — **Moustiers.** — Petit plat ovale, vert et manganèse, décor Pillement.

6 — **Sinceny.** — Cuvette de pot à eau et un petit cachepot Moustiers jaune.

7 — **Montpellier et Bordeaux.** — Deux écuelles à oreilles, sans couvercle, dont une jaune, et un plat avarié.

8 — **Martre Tolosane.** — Paire de petits cachepots, vert et manganèse (réparation).

9 — **Moustiers.** — Trois assiettes vertes, grotesques (avariées).

10 — **Moustiers.** — Petit plat creux, bords dentelés (bon état).

11 — **Delft.** — Plat creux, à godrons, polychrome, décor chinois au cerf (fêlure).

Diam., 0m20.

12 — **Moustiers.** — Petit moutardier, vert, grotesque, complet (bon état), et une soupière ronde, en Samadet (fêlée).

13 — **Sinceny.** — Deux petites boîtes à épices, polychromes (bon état).

14 — **Moustiers.** — Plat ovale, polychrome, dit à fleurs de pomme de
terre (bon état).

Long., 0m35.

15 — **Moustiers.** — Autre plat identique, plus grand.

Long., 0m40.

16 — **Montauban.** — Porte-fleurs, en forme de commode, polychrome
(bon état).

17 — **Delft.** — Assiette bleue, entièrement décorée au centre d'un
paysage avec un papillon, le marly couvert de médaillons
représentant des objets symboliques dans le goût chinois
(bon état).

18 — **Delft.** — Assiette identique à la précédente.

19 — **Moustiers.** — Assiette bleue à reliefs.

20 — **Bordeaux.** — Assiette bleue avec chiffre.

21 — **Vieillard.** — Plaque carrée, représentant un amour sur fond
violet.

22 — **De Lahens.** — Cachepot à reliefs blancs sur fond maïs (fêlure).

23 — **Moustiers.** — Plat ovale, polychrome au drapeau.

Long , 0m40.

24 — **Delft.** — Grande plaque ovale, représentant en polychrome
une vue d'Amsterdam.

0m60 × 0m50.

25 — **Italie.** — Jardinière en forme de courge, jaune, avec des
amours en blanc sur la pièce (1re moitié du xixe siècle).

26 — **Moustiers.** — Plat au grotesque, à côtes.

27 — **Bordeaux.** — Bénitier de forme triangulaire, polychrome, application de coquillages en relief sur fond mousse.

28 — **Moustiers.** — Plateau à piédouche, arabesques en bleu dans le
goût persan.

29 — **Brisambourg.** — Petite tasse à boire, en forme de navette, émail
vert sur reliefs.

30 — **Delft.** — Potiche bleue, complète.

31 — » — Deux petits plats creux, lobés, ajourés au fond.

32 — **Delft.** — Grand plat bleu.

Diam., 0^m36.

33 — » — Grand plat polychrome.

Diam., 0^m35.

34 — » — Assiette polychrome (restaurée).

35 — **Sinceny.** — Plat ovale, polychrome.

Diam., 0^m42.

36 — **Marseille.** — Plat camaïeu rose, avec anses (bon état).

Diam., 0^m34.

37 — » — Le pendant au précédent.

38 — **Choisy.** — Douze assiettes en terre de pipe, à sujets (à diviser en 2 lots).

39 — **Alcora.** — Paire de petits vases, décorés de bustes en cartouches, polychromes.

40 — **Delft.** — Deux assiettes, camaïeu bleu.

41 — **Delft.** — Paire de grands bols bleus (parfait état).

42 — **Marseille.** — Deux assiettes au chinois, vert Savy.

43 — **Hispano-Arabe.** — Petit vase haut, rétréci à la base, décoré de feuillages marrons, à reflet mordoré, sur fond gris mastic, xviie siècle (bon état).

44 Un lot de pièces différentes, en terre de pipe décorée en bistre violacé, sujets et fleurs (à diviser).

45 — **Strasbourg et autres.** — Deux lots d'assiettes en polychrome, décorées de fleurs.

PORCELAINES DIVERSES

46 — **Chine.** — Un lot de tasses, soucoupes et une théière (à diviser).

47 — **Japon.** — Deux plats creux à feuilles jetées en bleu, rouge et or sur fond blanc (dont un fêlé).

48 — **Japon.** — Six assiettes bleu rouge et or.

49 — » — » »

50 — **Compagnie des Indes**. — Une assiette polychrome, décorée au fond d'un vase de fleurs entouré de petits bouquets jetés, le marly orné de médaillons avec fleurs de dimensions différentes, en réserve sur un fond résillé en émail blanc, au pointillé à reliefs genre St-Amand, d'une finesse d'exécution très artistique (pièce rare en bon état).

51 — **Compagnie des Indes**. — Une autre semblable en bon état.

52 —   »   »   »   »

53 —   »   —   »   »   »

54 — **Sèvres**. — Grand cache-pot à piédouche en bleu de roi (moderne).

55 — **Paris**. — Tasse, sucrier, théière, pot-à-lait, entièrement décorés de paysages et marine, en grisaille très finement peinte, du 1er Empire (le pot-à-lait est recollé.)

56 — **Paris**. — Paire de petits vases Empire, décorés d'ors en reliefs sur fond bleu mat.

Haut., 0m24.

57 — **Angleterre**. — Pot-à-eau à reliefs sur fond lilas avec son couvercle en étain.

58 — **Genre Sèvres**. — Deux bustes du roi Louis XVI et Marie-Antoinette en bleu turquoise (moderne).

59 — **Paris**. — Cachepot décoré de fleurs sur fond blanc (de Chapelle).

60 — **Japon**. — Grand plat bleu, rouge et or.

61 — **Chine** — Plat creux famille rose.

62 —   »   — Bol à personnages, polychrome.

63 —   »   — Deux assiettes polychromes.

64 —   »   —   »   »   »

65 —   »   —   »   »   »

66 —   »   —   »   »   »

67 —   »   —   »   »   famille rose.

68 —   »   —   »   »   »

69 —   »   »   »   »

70 —   »   —   »   »   »

71 — **Chine.** — Deux assiettes famille rose.

72 — » » » »

73 — » — Une » »

74 — » — » » »

75 — » — » » »

76 — » — » » »

77 — » — » » »

78 — » — Assiette décor de St-Amand, avec paysage rose au centre.

79 — **Chine.** — Petit plat bleu creux.

80 — **Chantilly.** — Trois assiettes, fleurs en bleu sur fond blanc.

81 — **Saxe.** — Théière à fleurs en polychrome sur fond blanc.

82 — » — Cafetière à fleurs en polychrome sur fond blanc.

83 — **Saxe Messein.** — Bonbonnière ornée d'insectes en polychrome sur fond blanc, le couvercle agrémenté en haut relief d'une branche fleurie ajourée.

84 — **Chine.** — Paire de potiches décor, à colerette persane bleue rouge et or, XVIIe siècle (parfait état).

Haut., 0m30.

85 — **Paris Barbot.** — Partie de service à diviser en deux.

86 — **Chine.** — Grande potiche bleue laquée, en hauts reliefs rouge et or sur fond gris-bleuté et un plat semblable (les deux pièces sont avariées).

87 — **Chine.** — Paire de potiches laquées, fleurs sur fond rouge.

Haut., 0m40.

88 — » — Paire de grandes potiches rouge-brun, peintes et laquées (quelques parties écaillées).

Haut., 1m.

89 — **Satzuma.** — Potiche sans couvercle, émaux à hauts reliefs.

90 — **Japon.** — Statuette porcelaine (restauration).

91 — **Chine.** — Trois assiettes famille rose.

92 — **Japon.** — Grand plat polychrome (bon état).

93 — **Japon**. — Grand plat paysage en grisaille au centre (écorné).

94 — » — Plat moyen bleu, rouge et or (fêlé).

95 — » — Un plat moyen avec trois poissons au centre (bon état).

96 — **Chine**. — Grand plat très avarié.

97 — **Japon**. — Petit plat rond bleu et rouge (bon état).

98 — **Sèvres**. — Cinq assiettes marly rouge et or, époque du Directoire (une avariée).

99 — **Alcora**. — Assiette porcelaine, genre Saxe.

100 — **Japon**. — Plat bleu en deux pièces.

101 — **Alcora**. — Grande plaque ovale avec un cartouche (Vénus et amours).

Haut., 0m56 ; larg., 0m51.

102 — **Hispano**. — Grand plat bleu et or (Moderne).

Haut., 0m53.

TERRES CUITES

103 — Deux plaques rectangulaires, sujets genre Clodion.

104 — **Roullet**. — Satyre et enfant, teinte rougeâtre, signée.

Haut., 0m45.

105 — **Roullet**. — Nymphe et jeune satyre (légère avarie).

Haut., 0m45.

PLATRES

106 — Satyre pressant une grappe de raisins dans la bouche d'une nymphe qu'il soutient aliongée auprès de lui. Groupe très plaisant.

Larg., 0m35.

107 — Grande frise représentant l'*Agriculture* d'après la toile de Léopold Robert (restauration).

Nº 128

Nº 143

1250

Nº 133

510

108 — *Napoléon Ier*, statue en pied d'après Canova, plâtre peint en
vert.
Haut., 1^m.

109 — Grande coupe albâtre sur socle époque du Ier Empire.
Haut., 0^m50.

DIVERS ET BRONZES

110 — Petite coupe en pierre de Larre, entièrement sculptée.

111 — Paire de cariatides du Ier Empire, en pâte dorée, pour l'orne-
mentation de meubles.
Haut., 0^m35.

112 — Petit groupe, sujet galant en bronze sur marbre noir, époque 1830.

113 — Petite divinité indoue, bois doré (bel état).

114 — Petit cadre, terre cuite et bois doré, renfermant une tête de
christ, bois laqué, yeux émaillés (Espagne).

115 — Croix de bois doré avec christ en bronze (Espagne XVIe siècle).

116 — Madeleine éplorée, bois peint du XVIIe siècle.
Haut., 0^m40.

117 — Deux petits bas-reliefs en bronze, d'après Clodion.
Long., 0^m30 : haut., 0^m07.

118 — Bas-relief en bronze, d'après Clodion, avec dédicace au dos en
creux dans le métal.
Long., 0^m50 ; haut., 0^m20.

119 — *Jeanne-d'Arc*, statuette ivoire en pied, enrichie de pierres
de couleur, milieu du XIXe siècle.
Haut., 0^m22.

120 — Petite boîte à pharmacie acajou.

121 — Boîte à gants.

122 — Paire de vases chinois en bronze.

123 — Deux bronzes de Mêne : chien d'arrêt et chevaux en liberté.

124 — Coupe en albâtre jaune de Florence sur socle.

125 — Garniture de cheminée en albâtre blanc, composée d'une pendule (sujet Cupidon), et de deux vases Ier Empire.

126 — Paire d'appliques en bronze époque Régence, à 2 branches.

127 —   »   »   »   à 1 branche.

128 — Paire de chenets importants, époque de Louis XVI : lions couchés.
Haut., 0m45.

129 — Paire de bouts de table en bronze doré, Ier Empire (manque un plateau cristal.
Haut., 0m63.

130 — Paire de petits anges, bois laqué (XVIIIe siècle).

131 — Petite pendulette bronze doré, fin du XVIIIe siècle : petit jardinier près d'une colonne soutenant le mouvement.

132 — Grande pendule de l'époque du Ier Empire, représentant Virgile.

133 — Charmante pendule de petit salon de l'époque de Louis XVI, marbre blanc et marbre noir dans le socle, entièrement ornée de bronzes fins ciselés dorés.
Haut., 0m50.

134 — Pendule époque de la Régence, application de cuivre sur fond de laque gros vert, bronzes fins, belle dorure.
Haut., 0m65.

135 — Buste d'empereur romain en onyx, la tête marbre noir (Italie, XIXe siècle).
Haut., 0m35.

136 — Lustre bronze, style Louis XV, beaux bronzes dorés du milieu du XIXe siècle.

137 — Paire d'appliques allant avec le précédent.

138 — Petit lustre, bronze ciselé doré fin, époque du Ier Empire.

139 — Paire d'appliques, même époque.

140 —   »   »   »

141 — Importante paire de chenets allégoriques, de belle allure, en bronze, époque de la Régence, représentant des fleuves.
Haut., 0m40.

142 — Surtout de table, fin, en bronze ciselé doré du Ier Empire, en 4 parties.

Nº 258

Nº 170

Nº 168

Nº 169

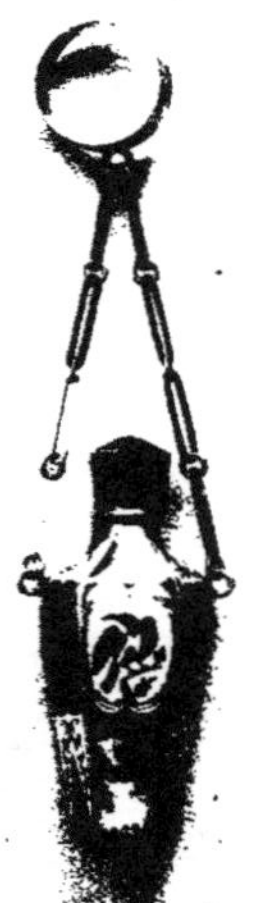

Nº 163

Nº 166

Nº 164

Nº 165

143 — Paire de très grands et superbes candélabres en bronze ciselé
doré; les figures bronze vert époque du Iᵉʳ Empire (parfait
état).

Haut., 1ᵐ.

144 — Petite suspension en bronze doré et vases en ancienne porce-
de Chine.

BIJOUX & OBJETS DE VITRINE

145 — Deux petits plateaux carrés en marqueterie de paille et une
petite boîte longue hollandaise en cuivre.

146 — Une boîte paille, à compartiments.

147 — Plaque porcelaine, peinte en grisaille, représentant la famille
de Talma (par Le Guay).

148 — Quatre mètres de galon doré avec fausses perles, fin du
XVIIIᵉ siècle.

149 — Collier en strass époque de Louis XVI, dans un écrin cuir
rouge.

150 — Un bracelet et deux broches, émail et pierres de couleurs,
époque 1830.

151 — Parure en fausses perles fines, monture or, dans un écrin,
composée d'un collier, deux bracelets, un peigne, une petite
chaine et deux boucles d'oreilles, époque du Iᵉʳ Empire.

152 — Pendentif argent et strass, époque de Louis XVI.

153 — Petit éventail bois de cèdre, avec gouaches, époque du
Consulat.

154 — Petit éventail, souvenir de la famille de Louis XVI, noir et
blanc, fin du XVIIIᵉ siècle.

155 — Éventail champêtre, époque de Louis XVI, os, avec feuille
ornée de sujets galants enluminés.

156 — Bel éventail nacre ajourée, applications d'ors avec jolie pastorale à la gouache sur peau de poule, style Louis XV (milieu
du XIXᵉ siècle).

157 — Petite collection d'empreintes de camées, fines, en cire et
plâtre, dans un cadre.

158 — Dieu le Père présentant l'Enfant Jésus à la Vierge ; jolie petite peinture italienne du XVIIIe siècle sur fond or (cuivre sans cadre).

159 — Beau et fin collier, argent et strass de très belle eau, avec nœud en pendentif (époque de Louis XVI).

160 — Petit service de voyage, couteau et fourchette, manche en poudre d'écaille, écrin en galucha, époque de Louis XVI.

161 — Très important face à main, écaille et argent, dans son écrin en galucha, époque de Louis XVI.

162 — Tasse avec couvercle, sur son plateau, en émail de Chine, du XVIIIe siècle.

163 — Petit flacon à odeur et sa bague d'attache, en or et émail cloisonné fin, dans le goût chinois (époque 1830).

164 — Petite plaque pendentif, de forme rectangulaire, en Weegdwood, entourage perles fines (fin du XVIIIe siècle).

165 — Médaillon Weegdwood, pendentif ovale en or, à boîte, entourage perles fines.

166 — Miniature de femme, très artistique, signée : Mlle L. Demarcy, montée en broche or (époque 1830).

167 — Coquetier émail bleu, orné de médaillons de fleurs, entourés de diamants (incomplet).

168 — Bracelet or, émaillé vert translucide, avec des ornements en or ciselés fins, très ajourés, dans le goût de la Régence, enrichi de diamants, pièce articulée, du milieu du XIXe siècle (joaillerie artistique).

169 — Bonbonnière ronde, en or de couleur ciselé, le couvercle ornementé d'un camée fin à 2 couches, blanc sur fond blé, représentant les 3 grâces, beau travail italien sur fond émail translucide bleu de roi (commencement du XIXe siècle).

170 — Coupe en matière dure rosée, craquelée, supportée par une sirène argent ciselé, l'anse ornée de perles fines, beau et artistique travail du commencement du XIXe siècle.

0m23 × 0m25.

171 — Un lot de sabres et épées (à diviser).

172 — Trois poires à poudre, en fer repoussé (fin du XVIe siècle).

173 — Deux étriers espagnols, fer découpé.

Nᵒ 250

Nᵒ 245

SOIERIES ET ÉTOFFES

174 — Morceaux jaunes.

$1^m85 \times 0^m55.$

175 — Manteau de Vierge, à grands ramages polychromes, fond gris argent.

$1^m70 \times 0^m75.$

176 — Chape jaune, fond marron.

$1^m85 \times 1^m20.$

177 — Morceaux à rayures sur fond gris.

$2^m50 \times 1^m50.$

178 — Morceau Louis XV à ramages.

$2^m60 \times 1^m.$

179 — Chape Louis XV, ramages fond gris.

$2^m70 \times 0^m50.$

180 — Morceaux Louis XVI, soie de Chine à rayure et bouquet fond saumon.

$2^m \times 1^m75.$

181 — Partie de chasuble Louis XV avec galons et un morceau à fond violet.

182 — Morceau à ramages blancs sur fond bleu-ciel, en plusieurs pièces.

$1^m70 \times 1^m60.$

183 — Bande à ramages verts sur fond jaune, époque Louis XV.

$4^m20 \times 0^m25.$

184 — Damassé jaune, époque Régence.

$1^m90 \times 1^m60.$

185 — Bande soie jaune brodée (Chine).

$1^m40 \times 0^m30.$

186 — Deux morceaux à bouquets polychromes et rayures sur fond vieux rose, époque de Louis XVI.

$3^m \times 2^m20.$

187 — Lot de fragments divers.

188 — Ample vêtement de mandarin décoré au dragon en métal argent et fleurs sur fond cerise.

189 — Châle, cachemire de l'Inde, très fin, riche, dessin très harmonieux, le centre bleu turquoise (bon état).

2^m carrés.

GRAVURES, DESSINS & AQUARELLES

Pièces en feuilles.

190 — Six pièces en noir.

191 — Quatre pièces en noir.

192 — Quatre pièces en noir.

193 — Six pièces costumes italiens à l'aquarelle.

194 — Trois gravures au bistre et une litho.

195 — Quatre pièces allégoriques par de La Joue.

196 — Quatre pièces en couleur.

197 — Quatre pièces en couleur.

198   Deux grandes pièces en noir *Vénus désarmant l'amour* et *Diane et Actéon*.

199 — Deux pièces sépia. Mikael Daengel, Hélia Haid.

Pièces en cadres.

200 — *La Savate ; La Danse en rond ; L'Entrée à l'école*, 3 pièces en noir de J. Stohard par Landor, de Toulouse et *Les Vendanges*, pièce italienne (ensemble 4 pièces).

201 — *Le Modèle disposé*, bonnes marges (Schall et Chaponnier).

202 — *Le Prélude de Nina*, bonnes marges (Boilly et Chaponnier).

203 — *Going to Market ; Couing from Market*, 2 pièces anglaises en couleurs par Singleton et Levilly.

204 — *The Happy cottagers*, 2 pièces anglaises en couleurs par Barney et Bartholotti.

205 — *Le Petit buveur ; La Petite bergère passant un ruisseau*, 2 pièces en sépia, à l'aquarelle du XVIIIe siècle, cartons de J.-F. Huet à Aubusson ; les cadres du Ier Empire.

206 — *La Petite fermière ; L'Ane et les moutons*, 2 aquarelles du XVIIIe siècle par J.-F. Huet ; les cadres du Ier Empire.

N° 247

N° 218

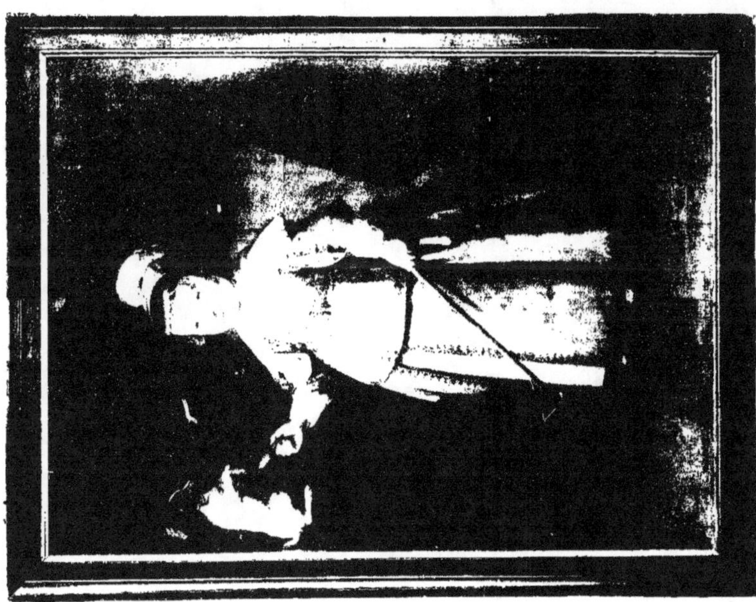

N° 249

207 — *Mme Putiphar*, sépia rehaussée de blanc, xviiie siècle, attribuée
à F. Boucher (monogramme).

208 — *Le Messager secret ; Le Bouquet bien reçu*, 2 pièces en noir
d'après F. Boucher.

209 — Jeune femme et amours, en sanguine, cadre blanc Louis XVI.

210 — La famille de Napoléon Ier ; la famille de Louis-Philippe,
2 pièces coloriées à effets changeants.

211 — *Quatuor de Lucile* (acte 1er), en bistre, par S.-M. Boillet d'après
Doublet, grandes marges.

212 — Portrait de femme au manchon, par Smith d'après Romnay.

213 — *Her Most Excellent Magesty Charlotte Quen of great Britain*,
aqua-tinte coloriée, par Frye.

214 — Barque auprès de ruines, en bistre, d'après Le Prince.

215 — *Danse de bohémiens : Le Guitariste champêtre*, 2 pièces en bistre,
d'après Le Prince.

216 — Explosion auprès de ruines, aquarelle.

217 — Vue de montagnes, Voyageurs et ours ; 2 pièces aquarelles en
bistre, de A. Mirbach (signées).

218 — Paysage, aquarelle de Bourgeois (signée).

219 — Navire à l'ancre, C. Wissant (signé).

220 — *Le Chien chéri*, pastorale aux trois crayons. Belle épreuve,
petites marges, de J.-B. Huet, chez Demarteau.

0^m33 × 0^m26.

PEINTURES

221 — **A. Cortey.** — Deux paysages, environs de Compiègne.

0^m50 × 0^m35.

222 — **Ecole Française.** — Enfants effrayés par une chienne, petit
panneau, milieu du xixe siècle.

0^m25 × 0^m20.

223 — **Ecole Hollandaise.** — Place et vue d'une église.

0^m53 × 0^m28.

224 — **Bruandet** (attribué à). — **Paysage avec cavalier** (toile avariée).

0m40 × 0m55.

225 — **Bourguignon**. — *Combat de Cavalerie*. **Toile**.

0m60 × 0m20.

226 — **Ecole Italienne**. — **Deux petits panneaux, paysages et rochers**.

0m15 × 0m12.

227 — **Ecole Française 1830**. — **Bâteau-pêcheur sur les côtes norman-des** (monograme F.-C.).

0m35 × 0m22.

228 — **Ecole Française 1830**. — **Le pendant au précédent**.

229 — **Hobbéma** (attribué à). — **Chaumière près d'un cours d'eau, beaux ombrages à gauche. Panneau**.

0m64 × 0m44.

230 — **Hobbéma**. — **Maison près d'un cours d'eau, sous bois à droite d'un très bel effet**.

0m64 × 0m44.

231 — **Ecole Hollandaise**. — **Petit dessus de porte, xviie siècle**.

0m85 × 0m60.

232 — **Dessus de porte, groupe de jeunes femmes dans un paysage, époque du Ier Empire**.

1m10 × 0m85.

233 — **Auguin**. — **Cours d'eau prenant dans le lointain et glissant entre deux bouquets d'arbres ; petit panneau d'une charmante coloration donnant une note complète de la vision si poétique de l'artiste** (signé). **Panneau**.

0m17 × 0m22.

234 — **Ecole Espagnole**. — **Enfant Jésus entouré d'anges**. **Toile**.

0m22 × 0m28.

235 — **Ecole Espagnole**. — *Sainte Famille*, **copie d'une belle coloration, xviiie siècle**. **Toile**.

0m58 × 0m73.

236 — **Franck** (attribué à). — *Caravane* (cuivre).

0m50 × 0m30.

237 — **Franck** (attribué à). — **Sujet allégorique, enfant appuyé sur un tambour**. **Toile**.

0m55 × 0m72.

N° 257

N° 246

238 —. **Frantz Snyders** (attribué à). — Deux natures mortes.

1^m × 0^m78.

239 — **Ecole Française.** — *Portrait de Madame de Benauge*, du milieu du xviiie siècle, en allégorie de Diane.

0^m53 × 0^m37.

240 — **Dauzats.** — Intérieur d'Église,. très belle toile de l'artiste.

241 — **Brissot de Vanville.** — Moutons rentrant à l'étable.

242 — **Boilly** (genre). — Famille de 3 personnages en pieds. Toile.

243 — **Murillo** (copie). — *Le Chercheur de puces.*

1^m × 1^m30.

244 — **Anonyme.** — *Portrait de Philippe d'Anjou, duc de Bourbon,* cadre bois sculpté et doré de l'époque.

0^m60 × 0^m85.

245 — **Ph. de Champeigne** (attribué à). — Portrait d'homme en cuirasse.

246 — **Sophie Liénard.** — Portraits en miniatures, sur porcelaine, de la famille d'Orléans : le roi Louis-Philippe, la reine, le duc et la duchesse d'Orléans, 4 pièces d'une exécution remarquable; cadres dorés de l'époque.

247 — **F. Boucher.** — Petit paysage, signé et daté 1766.

248 — **Boucher** (attribué à). — *Bacchante et Cupidon,* belle peinture, bonne conservation.

0^m84 × 0^m65.

249 — **J. Van Bylert.** — Petite fille en costume d'apparat, avec une baguette à la main et faisant tenir debout un petit chien; non signé.

Panneau, 0^m80 × 1^m20.

250 — **Ecole Française.** — Très beau portrait d'un artiste peintre en costume d'apparat, habit rouge, la main droite appuyée sur son carton. Toile d'un maître de 1er ordre.

251 — **F. Boucher** (attribué à). — Dessus de porte, femme et amour, xviiie siècle (provenant de l'Hôtel Lambert, Paris).

252 — **J.-B. Huet** (genre). — Trois dessus de porte, importants et de très belle facture, sujets allégoriques, xviiie siècle (provenant de l'Hôtel Lambert, Paris).

PASTELS

253 — **Ecole Française.** — Jeune fille au chat (xviiie siècle).

254 — **La Tour** (genre). — Jeune fille la tête appuyée sur un oreiller (époque de Louis XV).

255 — Jeune fille coiffée d'un chapeau (époque de Louis XVI).
0^m42 × 0^m38.

256 — **La Tour** (attribué à). — Tête de jeune fille, en carré.
0^m41 × 0^m31.

257 - **PEYRONNEAU.** — Très beau portrait de femme, en carré, grandeur nature, d'une facture exceptionnelle (de l'artiste et signé).

ORFÈVRERIE ARGENT

258 — Paire de flambeaux du milieu du xviiie siècle, d'une exécution exceptionnelle (vieux Bordeaux).
Haut., 0^m26 ; poids, 1.580 gr.

259 — Cuvette présentoir ovale, du milieu du xviiie siècle (vieux Bordeaux).

ORFÈVRERIE VERMEIL

260 — Plateau ovale à anses, style du Ier Empire.
Poids, 490 gr.

261 — Petit sucrier sur trois pieds de biche, style Louis XVI.
Poids, 170 gr.

SIÈGES

262 — Fauteuil anglais acajou, Directoire.

263 — Deux fauteuils et trois chaises, anglais, acajou, Directoire.

264 — Quatre chaises de salle à manger, Directoire.

265 — Six fauteuils, Directoire.

266 — Un fauteuil de bureau, forme violon, Louis XVI.

N° 325

267 — Un petit canapé carré, Directoire.

1^m10.

268 — Un fauteuil de bureau, rotiné.

269 — Deux fauteuils Louis XVI, à médaillons.

270 — Deux bergères Louis XVI.

271 — Deux fauteuils et deux chaises Directoire.

272 — Une banquette Régence, tissu jaune.

0^m85 × 0^m55.

273 — Paire de beaux fauteuils acajou, forme bergère, fins de sculpture, Ier Empire.

274 — Joli petit canapé acajou fin, époque de la Restauration.

1^m.

275 — Joli meuble de salon, très bel acajou, avec son étoffe du temps, teinte bleu ciel, Ier Empire, composé de :
Un petit canapé, quatre fauteuils, six chaises et deux gondoles.

276 — Un fauteuil et deux chaises rotinés, époque de Louis XV.

277 — Deux fauteuils à médaillon grand modèle, sièges ovales, transition Louis XV Louis XVI.

278 — Six fauteuils Louis XV dépareillés (à diviser).

279 — Joli petit canapé et deux fauteuils, époque de Louis XV, laqués moderne.

1^m30.

280 — Huit chaises, époque de Louis XIII, à colonne torse, hauts dossiers recouverts en cuir de Cordoue polychrome.

281 — Deux fauteuils, grand modèle, noyer naturel, époque de Louis XV.

282 — Bergère, époque Louis XV, en noyer naturel, tissu moderne.

GLACES & CONSOLES

283 — Petite glace espagnole, bois doré.

$1^m \times 0^m60$.

284 — Deux glaces espagnoles Louis XV, bois doré.

$0^m67 \times 1^m$.

285 — Glace Louis XVI, sans fronton, bois doré.

$1^m60 \times 0^m70$.

286 — Grande glace Régence, avec fronton, bois doré.

$1^m90 \times 1^m$.

287 — Grande console Louis XVI, bois doré, à 4 pieds, large ceinture ajourée marbre blanc.

1^m10.

288 — Cadre ovale, bois doré, milieu du xviiie siècle.

$0^m55 \times 0^m45$.

289 — Table de milieu Louis XV, bois doré, le dessus velours grenat.

$1^m20 \times 0^m65$.

290 — Console Louis XV, bois redoré, marbre de couleur.

Long., 1^m.

291 — Console rectangulaire Louis XVI, entièrement sculptée, peinte en gris.

$0^m80 \times 0^m45$.

292 — Paire de petites consoles demi-lune, Louis XVI, peintes en jaune.

Long., 0^m75.

BOIS D'ÉCRANS

293 — Ecran devant de feu, Louis XV, noyer naturel, feuilles peintes en paysages.

294 — Ecran devant de feu, Louis XV, noyer naturel.

MEUBLES DIVERS

295 - Table ronde mosaïque, sur pieds à 3 griffes, commencement du xixe siècle (avariée).

296 — Petit guéridon rond, en acajou, sur 3 pieds, en forme de pilastre, tablette, Ier Empire.

297 — Console rectangulaire en acajou, ceinture de cuivre au tiroir, beau marbre gris.

0m90 × 0m43.

298 Glace acajou, à fronton, garnie de bronze doré.

1m50 × 0m85.

299 — Petite vitrine en acajou, à 2 portes, époque Restauration.

1m40 × 0m30.

300 — Petite console rectangulaire, en noyer naturel gravé, les pieds en forme de console, époque de la Restauration.

Long., 0m65.

301 — Vitrine acajou et cuivre, dessus de marbre, style Louis XVI, à une porte (bonne ébénisterie).

Larg., 0m68.

302 — Beau secrétaire à colonnes, en acajou fin, avec ses chapiteaux et bronzes d'ornements finement ciselés et dorés, intérieur avec tiroirs, colonnettes à arcades marbre gris, époque du Ier Empire (très bel état).

Larg., 1m.

303 — Lit de repos, à colonnette, époque Directoire.

Larg., 0m65.

304 — Table desserte Louis XV, sculptée, avec beau marbre rouge.

1m15 × 0m60.

305 — Belle encoignure acajou, Louis XV, à 2 portes.

306 — Commode en acajou, Louis XVI.

307 — Petite commode d'enfant, en chêne, Louis XVI.

308 — Petite table à ouvrage, Louis XVI, à 2 tiroirs et tablette.

309 — Table à jeu demi-lune, acajou, Louis XVI.

310 — Table à jeu rectangulaire, à damiers.

311 — Un petit guéridon acajou.

312 — Un grand guéridon acajou.

313 — Un petit guéridon Directoire.

314 — Table à ouvrage marquetée (1830).

315 — Table à cabaret cannelée, Louis XVI.

316 — Secrétaire droit Louis XVI, en noyer clair, avec petite armoire en haut et en bas.
$$1^m60 \times 0^m58.$$

317 — Petite console en chêne naturel, sculptée, époque de Louis XV, beau marbre de l'époque.
$$0^m85.$$

318 — Petite poudreuse, plaquée de bois de rose et de bois de violette, époque de Louis XVI.
$$0^m75 \times 0^m50.$$

319 — Armoire étroite, à une porte, en chêne sculpté, époque de la Régence.
$$2^m30 \times 0^m95.$$

320 — Petite armoire, à 2 portes, en chêne sculpté clair, époque de Louis XVI.
$$2^m15 \times 0^m45.$$

321 — Grande lingère à 2 portes, en chêne sculpté, époque de la Régence.
$$2^m30 \times 1^m60.$$

322 — Petit coffret à odeur, carré, plaqué en marqueterie de bois de violette, époque de Louis XVI, avec 3 flacons.

323 — Bibliothèque en chêne clair sculpté, style Louis XIII, 4 colonnes torses.
$$3^m40 \times 2^m30.$$

324 — Grand coffre gothique, xv⁰ siècle, noyer naturel, avec serrure.
$$1^m50 \times 0^m75.$$

TAPISSERIE

325 — Important et charmant panneau en Aubusson, époque de la Régence, avec ses bordures. Sujet allégorique dans le goût de Coypel. Jeune femme assise, revêtue d'un charmant costume, entourée d'amours. Superbe paysage avec perspective, châteaux, etc. (Très bon état).

4m50 × 2m85.

INSTRUMENT DE MUSIQUE

326 — Harpe, la table d'harmonie peinte en noir et dorée, la crosse ornementée en pâte dorée, époque du Ier Empire, signée Erard Frères (avec sa caisse).

Haut., 1m70.

A la suite il sera vendu le Mobilier courant et les Objets divers.

Bordeaux. — Imp. G. Chariol, 25, rue des Frères Bonie.